中国诗人

杜薇 著

# 流动的生命

LIU
DONG
DE
SHENG
MING

北方联合出版传媒（集团）股份有限公司

春风文艺出版社

·沈阳·

图书在版编目（CIP）数据

流动的生命 / 杜薇著 . — 沈阳：春风文艺出版社，
2022.6（2023.8 重印）
（中国诗人）
ISBN 978-7-5313-6186-2

Ⅰ . ①流… Ⅱ . ①杜… Ⅲ . ①诗集—中国—当代
Ⅳ . ① I227

中国版本图书馆 CIP 数据核字（2022）第 027646 号

北方联合出版传媒（集团）股份有限公司
春风文艺出版社出版发行
http://www.chunfengwenyi.com
沈阳市和平区十一纬路 25 号　邮编：110003
永清县晔盛亚胶印有限公司印刷

责任编辑：仪德明　　　　　助理编辑：余　丹
责任校对：陈　杰　　　　　印制统筹：刘　成
装帧设计：琥珀视觉　　　　幅面尺寸：125mm×195mm
字　　数：150 千字　　　　印　张：6.5
版　　次：2022 年 6 月第 1 版　印　次：2023 年 8 月第 2 次
书　　号：ISBN 978-7-5313-6186-2
定　　价：65.00 元

# 代序

## 活过的标志

杜　薇

　　步入中年，常思索一个问题，即百年之后用什么标志自己曾经在这个世界上活过。一堆生日贺卡？一摞穿过的旧衣裳？一本布满沧桑的相册？几间留给孩子的房子？活过虽平常，却难以标志！

　　人生苦短，几十个春秋转瞬即逝，找一个标志不容易。走不出凡夫俗子的老套子，诸多名人似乎正刻意地给这个世界打上自己的烙印，撰文著书、题词送字，歌功颂德、树碑立传，忙得不亦乐乎。于是书橱里便有了精心打造的《日子》《岁月随想》等一系列话说生命历程的著作；荧屏上也多了些《激情燃烧的岁月》《活着》

等咂摸人生滋味的剧作；"福布斯"等排名榜如火如荼，颇有市场，真是你方唱罢我方登场，丰富多彩的内容和样式总让人觉得自己怎么就白活了呢！

活过既是一个庞大的主题，又是微不足道的小事一桩。每个来这世界走一遭的人都算活过，每一个体验过吃喝拉撒睡的人都活过。从一般意义上讲，活过就是从娘肚子里爬出到进入坟墓整个区间的一般体验，或长或短，或贫或富，或悲苦或享乐，林林总总，不一而论。秦始皇的活过与卑贱如草芥的奴隶的活过，就生物体本身而言，其本质是一样的。然而，若单纯从生命的角度思索活过，仅是喘口气，吃睡劳作，为活着而活着，那这活过与行尸走肉有何区别？纵观古今，上下五千年，光照汗青、青史留名者甚众，他们的功绩倒着实能标志其未曾白活。可这世界上多的是寻常百姓，何来若干个丰功伟绩的标志呢？

活过是一回物质的拼争，也是一种精神的标榜。有些人为活着而庆幸，追求锦衣玉食，追逐荣华富贵，对物质的强烈攫取欲望把活着变成了一种赤裸裸的工具，活得累且难不说，而且活到生命终结时，往往是委屈得大有死不瞑目之感。但更多的人是把活着当作一种境界来追求，把活得快乐、活得真实、活得坦荡、活得心无芥蒂、活得踏踏实实看作生命存在的真正意义。曹雪芹晚年生活贫困潦倒，一部《红楼梦》只流传80回，但他却把一种敢于鞭挞黑暗社会的精神留给了这个世界。物质的活过使人类繁衍生息，而精神的活过才能使民族乃至人类的存在更有价值，更理直气壮，更具深刻意义。

高尚、无私、正直、善良，脚踏实地地做人，勤勤恳恳地做事，在生前身后的人们心中留下一点印记，那就是最好的标志了。正如奥斯特洛夫斯基所说："人最宝贵的是生命，生命对于每个人只有一次。人的一生应当这样度过：当他回首往事时，不会因虚度年华而悔恨，也不会因碌碌无为而羞愧。当临死的时候，他能够说：我的整个生命和精力都献给了世界上最壮丽的事业。"仅此而已。

人生之旅上苟活者形形色色，若能让生命更具魅力，让活过不成遗憾，必须于纷纭嘈杂之中择一属于自己的生活道路和生活样式，把自己那一具血肉之躯所包含的能量释放给社会，做一些于人于己皆有益处的事情，对得起良心，对得住生命，不刻意，也不造作，更不用信誓旦旦，其实承载过生命的时空，对每个人都会有一个公平的评价的。

（发表于 2004.07.19《鞍山日报》）

# 目 录
CONTENTS

# 目 录
CONTENTS

# 目 录
CONTENTS

# 目　录
CONTENTS

# 目　录
CONTENTS

# 目 录
CONTENTS

# 目　录
CONTENTS

# 夏日，我们寻觅春意

夏日
还是远山一片恬淡的云
大地便已
剥去水一样的绣衣

粉红色的争执
拥着邂逅的你
在悠悠的艳阳里
寻觅一缕温馨的春意

这，也许只是匆匆的思绪
老蚕还在频频地吐丝
桑葚的梦
却已化作倜傥的晓气
随风飘逸

岁月铸出的情趣
缀着南风的甜蜜
不再是无牵无系
却融进了生命的涟漪

深，依然明丽
恍惚中透出清晰
波光潋滟的天地
凝脂似的丰腴

唇是一点雨滴
曾经历过风袭
热炽
是不朽的率直

1987.05.08

## 节气组诗

立夏
夏，是一缕梦
梦里抖着七彩的光环

夏至
南国的一缕缠绵
窃窃私语追着北飞的大雁

霜降
什么也别说
请只管上前，拥抱你那洁白的誓言

立冬
世界在这里酝酿
生命从这里消逝

小雪
在长白山大森林的怀抱里
你是一个温柔的女子

1987.05.10

## 献给你

我绝没有这样的思绪
你会是一片残垣断壁
我从未曾这样设计
你会是一群伟岸的废墟
你给我新的思索
又坦诚地馈一缕惊异
我迷离——

迷离，并不等于忧虑
你耿直的脊
不让我有片刻犹豫
你虽是一尊小山
却辉映着五岳的伟力
你不惜用未成年的身躯
去铺就那金子般年轮里
最不朽的轨迹——

你说
我只有一副赤裸的空壁
我偏爱你这未就的落拓气质
你是山
我便是那叮咚的小溪

纵干涸
也要画出你生命的旖旎
你是大漠
我便是那袅袅的晓气
宁孤寂
也要献给你不渝的忠执
我在逝去的蹉跎里
觅回应有的蕴藉——

为你的崛起
我让羞赧悄然遁去
为你的丰实
我摒弃了所有牧歌般的游历
为你的博大
我甘愿做越过沼泽的云梯
为你的完美
我再次走向贫瘠——

我爱你
我承认你有万般魔力
我时刻准备将自己的灵与肉
去做你庄严的神祭

1987.06.23
发表于 1989.09.07《鞍山日报》

# 小道

春天
古槐的荫郁
给小道以无限的爱意

槐花消殒
亲吻着载歌载舞的温存
让散淡的街市
沁出古老的芳馨
让蹒跚的楼群
荡起摩登的旋律

1987.06.28

## 绿

来
朦胧
在长堤
一片绿野
呢喃

偶遇
不是邂逅
还尽是无边的绿

绿的棠棣
绿的春衣

徜徉
本来就有诗意
在迷离中
传递生的
交替

唤你的名字
写你的名字

绿是波光粼粼的饰玉

在老树的

罅隙

1987.05.08

发表于 1989.08.13《鞍钢日报》

## 夏天

跟夏天说再见……


哦，还是那个雨天
那把金色的小伞
托在七巧彩云
携着春的夙愿
那雨线
鞭挞披肝沥胆的思念


恋，终是一堵堤岸
常青树的树梢
系着倦怠的云端
也是情分
曾涂过诱人的绚烂


跟夏天道晚安……


哦，还是那个傍晚
蝴蝶裙的阑珊
卡西欧的节奏

在裙褶间飞旋
那琴键
惬情暖意，还那缕怀念

念，正是一片海蓝
珊瑚树的殷红
将海水觑得暗淡
曾经辉煌
也有无尽的伟岸

1987.08.30
发表于 1988.03.31《鞍山日报》

## 但愿

但愿我只是一棵小草
还了春的夙愿
但愿我仍是一缕云烟
去了你心头的思念
你在远山
伴着那恬淡的呼唤
吻着我，吻着风
吻别昨天

但愿我还是一株小杉
呈出秋的奉献
但愿我确是一滴雨点
激起你炽爱的波澜
你在胸间
塑着那不朽的依恋
爱着我，爱着歌
爱向明天

1987.10.04

## 小树与黄昏

并不多情
小树只希求一丝锦绣
在赭色的空间里
让饥饿的忖度
得少许慰藉

从不寂寞
黄昏的脚步又迈得轻盈忐忑
些微的温存
使有限的角落
膨胀浓缩可塑

1988.06.05
发表于 1989.08.13《鞍钢日报》

# 影子

从来没有真正地
真正地
设计过你
就像太阳不曾
思慕月光
小河不去
搜索大漠

但是
你的风姿
决然立于两肋之间
似雕塑
有迷离的婆娑

1988.06.05

# 北戴河

本该是
河的命运
却跻身于
海的行列
怨不得
会有那么多的遭际
那么多的磨折

星宿固定了
事态的摆设
何必去无谓地
寻愁觅错
惹一生艰辛
一世颠簸

1988.06.07

发表于 1989.09.07《鞍山日报》

# 你

你在哪里
我无力的思绪
怎么太空里的
一滴泪痕
竟抹出世界的
妒忌

你离弃的
何止是愚昧荒诞和忧郁
人们在廉价地出售
情义
同时还涂上一层
铅质的粉脂

1988.06.07

## 春天树下的小道

——致一对老年夫妇

我不敢说
他们也曾有过爱情
年代的久远
都凝结成沧桑的古杉
在鹅黄的小草间
他们在寻觅
小心翼翼地寻觅
失落的
梦幻

沉重而迟疑
脚踵间蹑出一行清新的
诗意
陈旧的栅栏
已圈不住梦痕中漾出的
温馨
古朴的小道
延伸着追求真情的旖旎

1988.06.12

# 无题

我还是不能相信
你会这样悄然走来
我曾经企盼
一种大开大合的冲跃
生活却这么淡漠

你根本不是星座
也不能采撷所有的银梭
夜空在闪烁的时候
你捕捉
我的笑靥

我送你
别以为这就是分别
生活的聚散离合
比这别致得多

爱，本来就是一种失落
像小河永远潺潺流过

1988.06.12
发表于 1989.09.07《鞍山日报》

## 忏悔

一个世纪
有一个世纪的图腾
信仰有时是一种嘲弄
廉价的崇拜
等于无耻的出卖
大脑的价格
估不出人类的命脉

都去忏悔吧
去洗刷生灵涂炭的印记

1988.06.18

# 黄河

泛滥了
血色的河水
侵蚀着传统的贞节
人们在穿梭中
将脱俗的记忆
强化进
两千年不变的体液

冲撞
空间的狭隘
已无法掩饰自然的娇靥
没有人再能够
站在古河道里
用大手拍打着扫荡腐朽的旋涡
高叫着
炼狱里挣扎的呜咽

1988.06.18

## 晓月

晓月
从蜿蜒的起伏中
跌宕而出
秀色的从容
掩盖着一角窄窄的方舟
渡生命于天堂地狱
世纪的河
在无形的堰坝上
复述着形形色色的歌

1988.06.18

## 野浴

不是每一个人都敢从
这里挣脱
挣脱泥土的矜持
和空气的牵扯

不是每一个人都愿从
这里逾越
逾越软水的净化
和冷落的粗野

但愿
人的机智
不再是纤细的狂热
人的果敢
不再用来逃脱
野浴中对水的指责

1988.06.18

## 偶像

仅仅是美
不足以弥补偌大的空间
可能美的表层
覆不住荒僻的脑际

仅仅是美
不该充盈拥挤的记忆
因为美的内涵
应构成不变的程序
复印出风姿绰约的履历

1988.06.21

## 活着多好

死
洁白的芙蓉
膨胀着扭曲的心灵
官样的胸腔里
激荡着无耻的
弥天大谎

东方
悲怆的日落
控诉着离奇的世纪
低落的情调中
埋葬掉丁香的
哭泣祭悼

都道——
活着多好

1988.06.22

## 绝症

好像什么都没有发生
又好像一切都要结束
余热促动着心脏
正拼命地摆脱
命运的揪扯

月食
是太阳的壮烈
没有波浪
就没有红帆船的飞跃
生命将息
最后的执着
使几千年的睿智淹没

1988.06.22

## 走向大海
### ——写给海南

南海的涂炭
被时代销蚀掉
语重心长的珊瑚树
洗却了装腔作势的历史
风骚

走向大海
每个人都想迎取一道七彩
雨霁
用独木舟的橹楫
立刻驱逐掉半个世纪的
唾弃

1988.06.22

# 无题

没有回头
没有缠绵悱恻
人们撷取大地的璎珞
去填补
填补女娲未补的苍穹

总是来去无托
把无言的奚落
送给金字塔亲吻的沙漠
用钟情的闪烁
去哭祭
哭祭胡夫未辞的墓穴

1988.07.18

# 窗口

跳跃的
总是人像的喧嚣
只有一角
没有忧人的烦恼
我多么希望在那一角
窥到神的祈祷

妩媚的
总是狐俏的缠绕
只有一角
没有揪心的乐陶
我多么希望在那一角
捕捉爱的素描

1988.07.20

## 春季相知

有一个傍晚
春天的傍晚
有雨
春天的雨季
你静坐在角落里
电视屏幕正放大着曲解的意志
无声无息
忽然雨滴告诉你
生活会有奇迹

那个雨季
痴迷的雨季
相知的比例递增在瞬息
缠绵不再是纠葛的依据
唯有时间验证着
心中的凄厉

和雨季告别
把雨滴幻化成虹霓
用阳光的手
抚平泥泞的思绪

1988.07.20

## 大海的情侣
——写给并非远航的你

相逢便是分离
海风用粗硬的臂
将你挽去
我
我无法拴住你
胸中四溢的放荡不羁

我的牵系也许多余
海的陆地是
船
船的风桅
便是你的维系，你的相依

你没有彷徨
没有思虑
就像大海
大海的气焰
总是义无反顾
所向披靡

我不再吝惜
吝惜被海水打湿的焦急
我只为你
为你惋惜
惋惜天与地的不期而遇

礁石的命运
永远是悲剧
你却用昨天的哭泣
去冲撞漫天飞舞的沙砾
我惊异
你会有那么好的膂力

船去天移
蓝色的世界
正昭示着盲目的勇气
你抗拒着大海的魅力
却淡化了雨巷伞下的逶迤

我无法扬弃昨天的记忆
总想在今天的屏幕上
放大浓缩的过去
我知道大海的妒意
正席卷你与我的距离

告诉我
什么时候
你肯说你爱大地
舍弃水域
什么时候
你瞥一眼春的棠棣
给小鸟一丝暖意

我爱你
爱得凄迷

1988.07.24

# 海运

——给大海的使者

没有人说他曾经爱过
爱过大海，爱过大海身后的小河
没有人说他风采依旧
依旧是萧瑟，依旧是冷漠

他只把命运押给海波
用瘦骨嶙峋的手
掬出挫折，掬出苦涩
挽着咸涩的海风和素色的碎荷
去寻找昨天的寂寞和
寂寞中的欢歌

1988.07.24 于大连付家庄浴场

发表于 1990.01.11 《鞍山日报》

## 二十五岁畅想

再也没有舞池的绰约回旋
霓虹灯的影子已缩得久远
再也没有梦幻的七彩斑斓
白杨树的双眼眨得越发清湛

二十五岁
跳动着古老风车的叶片
随飓风飞速旋转

也道是
二十五岁
已应走向萧瑟
二十五岁
已该遁入落寞
可你还是怀念十八岁
追逐迷离的芳草地星光熠熠

二十五年的跋涉
年轮的痕迹未免缺少波折
二十五年的拼争
生命的颠簸未免缺少平仄

何止是一年日历的铺展开合
又何止是三百六十五昼夜的时光飞掠

生命的履历表上书写着
一些寒梅穿过飞雪
一些东风舞尽蝴蝶
陌上寒烟，小桥叮咚
还道无情岁月
却已是流年似水轻舟已过

告别晚风拂过细柳的帘幕
告别摇曳的怀抱
告别多情的屋檐
和烟花漫天的高蹈
二十五岁已不再是
倾城的顾盼，缠绵悱恻的回眸

理智的世界
也许难得
仿佛月色皎洁
温婉而沉静
也许冷漠
仿佛罡风吹过
几簇莹亮的星光

熠熠地诉说

要多少芳菲明媚的春天
方能催醒嫣然留笑的顾盼
要多少鹅黄柳绿的开始
方能换回飞琼烂漫的生长
一瞬间
长长的发梢
在二十五岁悄悄盘起
打开璀璨年华的一叶轩窗
迎万物舒卷，长天浩荡

成熟的
怠惰的
无尽的情愫，无边的思索
汇成生命的粼粼光波

转折不是沟壑
蛰伏在地下
期待破茧而出
走出庄周的晓梦
向往蜕变的蝉鸣

二十五岁

邂逅一段历史的烟波

独上楼台

看沧海横流

千年风霜

1988.07.26 于二十五岁生日

## 船的命运

我曾借用大海的微笑
去回击陆地的倨傲
我曾利用铁锚的呼啸
去拼凑苍天的清高
所有的苦恼
都是喑哑的航道
从几个世纪的纠葛中
拖拽出我与风向的祈祷
我难卜海与陆地的风骚

1988.09.07

# 写给山

尽头
还是山
在夜半
凝神的眸子
滴出啼血的幽怨

水声
没有凄惨
窥见交换
山把一半还给了山
用水的风范
点布眉宇间的果敢

1988.09.07

# 给下个世纪的你

你躺在岁月的河里
风沙覆盖着你的身躯
顺着命运的小溪
浪花终于把你推向河岸
靠着嶙峋的山岩
你放不下曾经的誓言

你陈述凤凰涅槃的故事
在暴风雪到来的夜晚
把期待的焰火一处处点燃
十字路口旁
你渴望神明的指点

岁月的河流
流动着无声无息的眷恋
你的舟楫
弹唱《卡门》序曲
茫茫乾坤，月上西楼
你执着地将孤独
在铁马冰河里浣洗

你的命运注定凄怆
受伤一定是在午夜
夜阑人静时
你冷看歃血的屏幕
笑傲时空转换
飞雪漫漫
弹指一挥间

1988.09.09

# 信仰

灵魂曾有上帝的仓库
贮藏着罪恶
与罪恶的旧货
顶礼膜拜般日日盘点
总指望天堂的价格
眨眼间跌落

封上困惑的大锁
黯淡的香火和锡箔
织就出一节节旧布似的空落
堆砌出迷茫的存储

把大脑抵押给上帝
用灵魂去兑换信息
出售时
还做着最饶舌的交易

1988.09.10

## 无题

对这个世界
我没有过多的奢求
但是
请别拿走
我仅有的面包和酒
用一双苍白的手
去扼住一个孱弱的咽喉

1988.09.16

## 月光的问候

月光轻佻的脚
踩着山水走来
慌慌张张
把手帕遗落在云间
用挥手般的躲闪
轻抚着桂影婆娑的梢头
映出浅薄的光环
圈住一息尚存的顾盼
乘风而舞
挡住最后的留恋
细数着宁静温馨的流年
唱一阕
但愿人长久，千里共婵娟

1988.09.16

## 赶海的风色

驳船的青灰
涂就了时代的锈蚀
海的苦液
执着地腐蚀着
日月的浅薄
你们去赶海
从海风的气度里
安排船与桨的错落
你们并不奢求自然过多的施舍
只希冀晨曦时的海色
多些淳厚，多些自若

1988.09.18
发表于 1990.01.11《鞍山日报》

# 给去年

大写的时间
无法留意古树的浮艳
沧浪的涣散
已刻出年轮的怀念
慰藉着
指缝间流泻的
时光潋滟
印出年轻且沉着的去年

哦，去年
又一次化装表演

1988.09.25
发表于 1990.01.11《鞍山日报》

## 他与你

他第一次来敲你的大殿
你怕他索取利息
匆匆打发他出山

你总是担心
他会是一种诱惑的开端
你还顾忌
他将把你引入罪恶的泥潭

你躲闪
用岁月的陪伴
来充填孑然一身的平淡
你推脱
像生命的棋盘
拨动着无可奈何的孤单

他默默地在你的发间盘桓
用你的青丝钩织着串串缨箭
但无情把心愿化作
无力点燃的灯盏

本来
他可以等得久远
忽然在昨天
他留下最后一张名片
告诉你
他去火山……

1988.10.03

## 相见时难别亦难

相见时没有视觉的网络
人群汇聚的镌刻
印着光怪陆离的灯火
淡漠的总是人与人的
交臂而过

只是落寞的分别
人们才回味鸡尾酒的苦涩
方欲抓住咖啡厅的笑靥
不甘心的仍是
最后的一瞥

1988.10.12

# 友谊

总是云翳的牵挂
在冬的夜晚
友谊分解成片片温暖
滋润着干涸的指尖
攥紧旋转的松散

总是秋月的爱恋
没雪的日子
友谊裁成若干条花边
修饰着枯萎的帽檐
遮住耀眼的光斑

1988.10.18

## 致你的节日

每一次节日
总是慌乱
慌乱的心，慌乱的足，慌乱的眼睑
没法掩饰的手足无措
夹着受宠若惊的可怜

节日的恐惧
绵延在老树凋落的枝干
还做出笨拙的羞赧
或端出鬼样的灿烂
实足是节日的诬蔑，节日的不安
节日的盘缠

1988.10.30

## 你不应该

你不应该让
生命总荒芜着
像一片久未开垦的处女地

你不应该让
心总搁浅着
像一具轰然坍塌的舟楫

你不应该总是这样犹豫
难道
生，不就是一种引力

1988.11.24

## 冬天的大海

大海是冬天诞生的
一降生就带上了
冬天的秉性
倔强
冷漠与咸涩

大海的生际
怕是违背了太阳的旨意
所以大海
总是备受磨砺
饱尝颠沛流离

大海啊
冬天的大海
你浓缩成些微的颗粒
无规则地排布成浩浩汤汤
天地之际
总显得苍茫凄厉，躲闪无依

粗糙的梦幻
来不及过滤

你就小心翼翼地
去寻找茫然若失的痴迷
还涂却一脸的神采奕奕
让人怜惜

恬淡的日子
你拼凑着宇宙间最神奇的履历
没有什么能阻止你宣泄妒意
你拼命摆脱船的牵记
渴望去制造惊心动魄的歌剧

可是
有时你也宁静
犹如一双失却情感
失却怀念的眼
闪烁着
遏制着跳跃不已的程序

你选择最标致的颜色
来装扮自己粗犷的身躯
但你始终记着
没有苍天的映衬
大海将是血红色的逶迤

你啊
冬天的大海
你想借助冰雪
来攀附高山的威仪
但你生就了高傲的气质
你不会把自己瓶装了
塞进温热的怀里
也不会向太阳媚笑
把自己变成丝丝缕缕的飞絮

1988.12.02

# 风雨匆匆

失落的金铃子
在告别时
悄悄地划过脑际
槐花凄楚地散落
仿佛南方名贵的烟雨
娉娉婷婷，没入大地

坐在草坪上
小心翼翼
怕碰碎又一次梦幻
铺垫和渲染
化作沉重的负担
把无奈遮掩

彻底崩溃
缴械就在那一瞬间
软化的土地
同浮浪的月亮制造神话
语言完全多余
无边的静谧包罗万象

阡陌巷口
一枚银杏路标
站出一脸的幽怨
街灯木然
昏黄的光线切开夜幕
把感情的触须根根斩断

终于
短兵相接
电闪雷鸣咆哮而至
风的嗫嚅迟疑而颓废
期待成为漫画
歌声在盛满惶恐的湖面游弋

骄阳下
液态的心痉挛着
一个冷笑凌空而起
浇铸成硕大的锚
重重地砸向
曾经的宫阙

1988.12.26

## 春雨

你还是作为我的梦
回到我的世界里来吧
虽然月亮已现出残缺的痕迹
可我仍记着
梦中曾有过一点一滴的明丽

世间并未改变
山山水水仍笑靥葱郁
可风向的错位惊动了云翳
无意间把我的梦也悄悄洗涤

回来吧
你这蓝色的精灵
和柔软的心共同许个愿
织一幅绚丽的云锦
装点早已飘逝的飞伞

1989.01.01

## 舞厅

虽说是神圣的装裹
却把稀奇的符号图解
每一分贝的嘶哑
都拼凑出几代人的貌合神离

破译星辉的虹霓
不再维系空洞的演绎
光怪陆离的嘈杂
制造着多少年后的颠沛流离

1989.01.01

## 小路

还有一条小路
从光怪陆离的风景中溢出
逶迤间
把葱茏和爱意
从容地交给了大地
俯就了一宗久远久远的期冀

1989.03.06

## 小站

小站辞别的不是圆月
可星星的幽怨
排解了失望与期待的浅见

小站依旧
日月依旧
心中还装着诉不尽的情愁

小站把一束电极似的缠绵
传导给瞬息万变的路线
小站
把情愁把爱恋把一个个荒诞
排成笔直而又弯曲的思念

终于
小站在戈壁搁浅
有如海啸般的风潮
吞咽下
小站上空的最后一抹上弦

小站……

1989.03.06
发表于 1989.07.20《鞍山日报》

# 给你

印记

烙在石刻的夕阳里

水波

还漾着无情的奚落和咸咸的酸涩

我结识你

在不断繁衍的生命里

我把春风吻过的思绪

大胆地给你


我不吝惜那一抹滚烫的情义

把风筝拼出的记忆

抛向青天，涂向大地

爱你

将意味着永久的迁徙

我抓住风和日丽的运气

只怕你是风朽的椽子

经不住风雨

我迟疑


1989.03.08

## 假如我们重逢

假如我们重逢
我们还坐这班地铁
我们不会再无忧地默数
铁轨的长度
我们不会再瞅着蓝天吹嘘
海洋里有一双红色的眼睛

假如我们重逢
我们辞别这一轮圆月
我们会把昨天的星河
塑成凝固的问候
我们会把月亮的直径拉成
今生今世的起跑线

1989.04.14
发表于 1989.06.22《鞍山日报》

# 话别江城

我走了
留下最后一点清泪
把南国水乡那丝丝缕缕的缠绵
写在青葱又绿的蛇山
从大江风范崔嵬的通途上
徜徉出
抹不去的回味

我走了
吻别街灯里的明火
颔首挥去长江捎给人们的情愁
以不朽的记忆
让黄鹤楼千百年来的琉璃光环
辉映出
数不尽的风流

1989.05.10 从南方归来
发表于 1989.06.22《鞍山日报》

## 唱给母亲的歌

并不是所有的人
都能把心扉洞开
唱一曲钟情的歌

并不是所有的历史
都能把时代飞旋的步履
镌刻成丰盈无字的里程碑

并不是所有的年轮里
都有不朽的印记
并不是所有的情肠中
都有对生活的无限牵系

然而
真正的生命只有一次
风华正茂的岁月
已凝结成时代的真谛
我们瞩目
瞩目着向心力的作用
我们瞩目
瞩目着党的生日的辉煌诞生

党啊
我们把高昂的头颅垂下
渴望在您的目光下
得到您山一样沉重的信赖和重托

我们总是不息地寻求
沿着您沧桑的手臂
在古老的黄河道上
寻找每一条生灵所承受的苦难

我们总是不渝地企盼
浪迹于您豁达的胸怀
在神圣的黑土地里
期盼您把民族复兴的使命担得更坚更牢

党啊
您还是那条母亲河吗
横亘在这块跃进的土地上
用六十八年的心血
哺育着九州的日月

党啊
您还是那首源远流长的颂歌吗

把没有共产党就没有新中国的哲理
演绎成钢铁
演绎成高楼
演绎成沸腾火热的生活

党啊
我们的母亲
也许，我们未曾为您担负过多的职责
或许，我们的肩头还显得稚嫩单薄
但我们已把寄托
汇进您有如海啸般的奋进中
我们期望在风浪中迅猛成长

党啊
我们的母亲
也许，我们未曾替您分担过多的磨难
或许，我们的生活也充满蹉跎
但我们已经把追求
投入到您森林般的合鸣中
等待着雷雨电的陶冶

我们稚气痴迷些
我们热烈果敢些
共和国的第四代人

是扯着母亲的衣襟成长起来的
我们希望
在母亲身旁
把脚步迈得宏远而高阔

我们缠绵伤感些
我们惆怅困惑些
共和国的第四代人
有自己独到的风采和性格
我们敢于消沉
也敢于激昂

我们憧憬着
在母亲博大的怀抱里
能得到过多的信任和重托
我们期待着
让改革的风潮
跃进的号角
都带上簇新的格调

党啊
我们的母亲
我们愿把青春编织成七彩的光环
奉献在您非凡的诞生日子里

我们愿把年华组合成跃动的音符
唱响在您奔涌的生命凯歌中

我们为您歌唱
歌唱六十八个黎明的庄严诞生
我们为您歌唱
歌唱世界又一次为您为我们
打开全新的一页
啊，母亲
我们把心曲把衷肠把对您的万般真诚
全部唱响在壮丽的东方

1989.07.01 为庆祝建党六十八周年而作

# 巧合

我只记得
相遇只是巧合
在海天的水色间
你把相思给我
不是用河里的清波
仅有短短的一瞥
便把贝壳镶装的情肠
分成失落
小心地抛洒进昨天
还宁静的湖泊

1989.07.10

## 祖国，我心中的祖国

我用我经过时代锻造
变得不再简单的思维
读你的风格
我用我面对改革与发展
所选择的进取心
读你的主题
我用我审视大千世界
对自己更充分的认识
读你的精神
我用我大胆追求美好和欢乐
所表现的激情
读你的气魄

祖国
在我的心中
你就是一部大书
一部神圣的专著

读着你
从面颊的憔悴里
寻找你新的飞跃

读着你
从人类的困惑中
捕捉你不朽的镌刻
你用十个亿的凝结
向宇宙宣告
国家与世纪崛起的收获

我用我承受风风雨雨磨砺的
坚定不移的意志
写你的气质
我用我汇集千千万万生灵的
卓越不凡的智慧
写你的履历
我用我冲击世世代代积习的
抗争不屈的勇气
写你的风姿
我用我拥抱纷纷攘攘世界的
坚韧不拔的膂力
写你的伟绩

祖国
我心中的祖国
当你从东方屹立
以磅礴之势

铸就日新月异伟大辉煌的业绩时

我会用自己还很稚嫩的双手

谱写你又一页的乐曲


1989.10.01 为庆祝新中国成立四十周年而作

## 拥抱你，香港

五千年血脉相连，我的香港
五千年唇齿相依，我的香港
五千年古语悲歌，祖国是你的依托
五千年饱经风霜，香港情系着祖国
五千年的时光
塑造着山一样的品格
五千年的岁月
陶冶着火一样的情肠

同是龙的传人
同是中华之根
沐浴东方的朝阳，我们一同成长
依靠祖国的支撑，我们蓬勃向上

那渐渐丰腴的土地
盛装着我们举家团圆的梦想
那亘古不变的山河
闪烁着我们中华一统的曙光
踏歌而来
用我们温暖如春的微笑迎接你
携风而来吧
用我们张开的手臂拥抱你

拥抱你，香港同胞
拥抱你，同胞香港

一百年沉睡的钟声
在辰星中訇然骤响
一百年真诚的祝愿
在晨风中欣然兑现
一百年苦苦的期盼
在海天间久久回旋
一百年亲切的呼唤
在回音壁上痴痴地盘桓
大步走来的是你啊——香港
大步走在归乡路上的是你啊——香港

我们的掌纹诉说着你沧桑的命运
我们的血管激荡着你古老的涛声
我们的脉搏回响着你钟情的思念
我们的身躯书写着你曾经的过往

一百年的海风
一百年也吹不凉我们的盼望
一百年的香江水
一百年也流不走我们的梦想

让时光尘封苦难的历史

让春风带来阳光和花香
让广袤的森林举起欢乐的酒杯
让长江黄河伸出强壮的臂膀

拥抱你，香港同胞
拥抱你，同胞香港

清风把欢快的歌谣轻唱
小鸟把回家的消息传扬
神州将头颅高昂
中华将光芒绽放

这是幸福的时刻
这是神圣的向往
这是绝美的风景
这是永恒的荣光

世纪的目光
凝视着辉煌的庆典
将爱的祝福
带向远方

1997.07.01 为庆祝香港回归而作

# 雪

帷幕拉开
轻轻地
展示出一片未被污染
以及原始的距离与空茫

穿越千年
只是一瞬
跌坐在遥远的十字路口
找不到时间与方位

无数飞翔的鸽子
落满童话的广场
伴着悠扬的钟声
旋舞的天空开始瑟瑟发抖

当一片片羽毛
轻轻落下
春，便点燃如火的温柔
照亮每一处山崖
街巷和面庞

纷纭归于宁静
这里是最绚丽的村庄
时空的痕迹被轻柔淹没
心，演绎着寻古问今的祈祷

雪是一种境界
需要精心雕琢
雪是一种崇高
需要真心塑造
穿越千年
在壮观的宇宙间超光速飞行
沿着洁白的轨道

2003.12.01

# 过年

远离喧嚣，远离尘世
静坐斗室
让四海激荡，古浪千帆
涌进霜染的空间

迷茫的双眸
在暗夜中灼灼如烛
透视着
自古便有的风俗积习

告别蓝天
在夜空徜徉
旷野静谧时
眉宇间
流淌出
对逝去年华的眷恋

2004.01.25

## 慰藉

整片星空悄然无声
夜将心栽成一株
恣意生长的曼陀罗
沿朗月的底座攀缘

填补心与心的空地
生命在枝蔓的掩映下裂变
晓月眨着窥视的眼
蓦然回首
触须已随风延展

婆娑的手臂
舞动着湖畔的轻风
借如水的月色播种思念
预约的花期里
灵魂只有一粒饱满的种子
渴望收获季候风掠过的原野

伤逝的青春
在花茎上雕刻出一个微笑
绽放的花蕊

被封存进
一本厚厚的诗集

2004.01.25

# 给风

苍原的节气表里
遒劲地矗立着刚烈火爆的你
古铜色的脊背
坦荡得一如旷野
一如平川，一如盘古的放浪不羁

白云的轻浮被你断然拂去
魔术般盘结成青色的气焰
击打成团团纠葛
抛进空旷的原始与静寂

阳光并不多情
伸出手臂，呈出妖冶芳姿
咄咄逼人地伫立于崖壁
与你果敢的目光不期而遇
便逃遁得无踪无迹

抑或迷惘的清雪
闪烁着绰约的媚眼
在你驾长车踏破贺兰山缺的驰骋中
抖出呻吟般的心悸

你的胸怀
只深藏着山及山的兄弟
杉树的虬枝
是你长啸时发出的凄厉

你扫荡一切，摧枯拉朽
日行千里，穿梭于天地
有你
原野青葱，古木壮硕
世间风云变幻，长歌不已

2004.01.28

## 疑问

爱的本质
仿佛
生命的单纯与刻意
仿佛
光与影的对立与相依

满树的花朵
只源于
冰雪中的一粒种子
满篇的词语
只源于
千百年来吟诵的一个字

上苍的安排是一种错觉
繁衍的痕迹
印满矢志不渝
印满追溯寻觅
源头书写着今生今世的
质疑

2004.03.02

# 岁月

岁月沉淀在半坡的陶碗里
沙砾样闪烁
青铜宝鼎的斑驳
氧化了冷暖狼烟，世俗浮尘

图腾的喧嚣
将灵魂矗立在旷野上
岩柱般风蚀着
生命的触须奋力攀缘
演绎出阡陌纵横，瀚海苍茫

一阕铿锵作响的古词
在沧桑故道上艰辛绽放
富有硬度的风
把秦时冷月汉时关隘
定格成残垣断壁的凄怆

游走在星辰交错的罅隙间
日月之手翻检着历史的行囊
让铁马冰河呼啸而去
穿越时空

穿透尘封的皮编竹简
站立成凛然的期待与召唤

2004.06.10
发表于 2004.06.21《鞍山日报》

## 有风的日子

有风的日子，驻足街市
看风中的世界和
风中的你
虽然天还蓝，心情依然
但我分明感到你的步履已显蹒跚
你做过梦，做过企及天地的梦
可你终究能够走出作缚的茧
那份情景，犹如昨天的歌
余音未去，灯火已阑珊

有风的日子，凭窗而立
数风中的落叶和
风中的秋天
心在漂泊，流淌着远方的故事
想得最多的是告别时你果敢的双眼
你的行囊里不再储存依恋
风中的呼唤让你的日子变幻
你义无反顾地挥手而去
风中我看到了大漠孤烟
阳关就在远天

2004.08.12

## 邂逅

那个不期而遇的傍晚
风叩击着窗棂，云霞布满天边
新雨的湖畔，如果
如果你没有回眸沉吟

喑哑的船歌已没了倜傥的憧憬
思念还原成小小的同心圆
荷瓣般飘零在沐雨的湖面
搁浅的船边
有你伫立的期盼

应该有更轻松的结局
连星星都发出一声叹息
山水相依的默契
幻化出多少离愁别绪，长路凄迷
你凝视山脊，叩问风雨

岁月的风霜裹挟了心
笑靥不再，梦幻不再，风帆不再
盛满惆怅的夜光杯里
又一次滴进古道沧桑，疾风骤雨

你的图腾在慢慢地
随风消逝——

2004.09.25

# 为你致意

夜色印染了天空
远山剪影般矗立
呼唤划破了天际
清风犹如一片片希冀

充盈在云雾间的欢声笑语
凝结成亲切的问候
镌刻在时间隧道里的辉煌
撼动着你我的心魄
欢迎你
来自广袤平原旖旎山川的学子
欢迎你
我情同手足的兄弟我的知己

太阳又一次把你的季节
举向新的高度
阳光又一次为你的花季
预约了灿烂的花期
珍爱你流金的岁月
开启你全新的征程
风雨兼程中

为你喝彩，为你致意
与你并肩同行

2004.09.26

## 品读

神采飞扬，激情豪迈
完美和谐的时刻
与繁星对视
品读半个世纪的风风雨雨
和长路迢迢

杨柳轻扬
吟唱着日月的嘱托
穿行于楼宇间的月光
携来岁月的期盼

风华依旧的巍巍学府
在建设者无怨无悔中崛起
只争朝夕
在腾飞中寻找新的支点
初衷不改
秉承几代人的执着
真情永驻
共育国之英才

2004.09.26

## 你的生日

一轮晓日从天边升起
登上伟岸的山峰伫望你
那是你
我的祖国
高耸的脊梁

星光璀璨欢聚一堂
走进浩瀚的平原感受你
那是你
我的祖国
温软的河床

登临你崎岖的山脉
瞩目你矢志不渝的追求
循着你久长的生命线
找寻你奋进不息的足迹

今天是你的生日
我的祖国
我以真情祝福你

今天是你的生日

我的祖国

愿你的理想飞翔在浩浩天宇


爱在金秋

以爱国者的真诚书写你的辉煌

歌唱祖国

以建设者的真心

创造你飞向新时代的神韵与风采


2004.10.01 为庆祝新中国成立五十五周年而作

## 可怜英雄

灵隐寺门庭若市，岳飞庙门可罗雀，同依西湖风
光，反差却如此之大。心尤不平，故作此诗。


有英雄的年代已经走远
驰骋疆场的战马已落寞成一尊石像
在秋雨潇潇中肃立
仰天长啸尚在耳畔盘桓
一方窄小的丘冢便掩埋了英雄的意志


青烟弥漫的殿堂在左边
神鸦社鼓，金碧辉煌
而这里，空气被冷落着
阴冷的雨雾打湿了颓败的栏杆
斑驳的油彩眨动着英雄的茫然
被邪佞剖开的心还在抖颤
污浊的手却把心上的筋脉
撕扯成碎片，点缀出一片硕大的虚幻


英雄想站起来
和他的精神一样站成矗立的伟岸
以驾长车踏破贺兰山缺的气概

逼近被物欲操纵的狂热和痴迷的脸
用战刀剥下祈祷的外衣
连同扭曲的幻想一并投进惨烈的呐喊

英雄凄楚的笑印染了风声雨线
一声叹息犹如一捧沙粒
从时间的漏斗里轻轻飘散
这是我的儿孙吗
何以卑躬屈膝
坍塌成残垣断壁的荒诞

2004.06.30 于杭州

发表于 2004.10.19《鞍山日报》

# 金陵的悬铃木

辞别金陵
蓦然回首
悬铃木的笑靥
便绰约成心中永远的摇曳

被这些枝丫惊叹
这伟岸的生命
茁壮了视野
丰腴了灵感
让人突生一个夸张的想念

最诱人的
是那无数双高举的手
盘桓着
莫名的快感
舞动着轻风
散入金陵
弥漫出天国的长歌短板

那些圆润的翠绿
犹如情人的缱绻

经脉间透着灵气
叮咚如流苏
闪烁在小巷的耳畔
窸窣低语

垂下眼睑
看车流如注
与行人比肩
妩媚而风雅地巧笑
大胆顾盼
眨动痴迷的眼

一路烟雨
好一个江南

任时光老去
情感之船覆没
但心房里
悬铃木的婀娜
妩媚了每一寸空间

2004.07.04 于南京

# 走过扬州

扬州的风度
在傍晚的船上些许感到
稍纵即逝
但弥足珍贵

人在船上
沿瘦西湖狭长的水面漂着
烟花三月的感觉
与荷香一并沁入心脾
风吟鸟唱
把李白那杨柳依依的缠绵
用一枚晓月挽起

桥是固体的船
是秀美的手臂
揽着一泓波澜
岸上亭台楼阁
宛如倒挂在水上的秋千
轻轻地荡着
给水中嬉戏的月光做着陪伴

这时候
一丝嘈杂也没有
任何声音都会碰碎
那一缕怀念
风是多情的
从树的罅隙慢慢闪回
如眨动的眼
痴迷地探看

其实
故事里并没有他的身影

扬州就是这样
恬静而散淡
仿佛许久的期待
堆砌的梦幻
在一瞬间
悄然兑现

2004.07.08 于扬州

发表于 2012.05.23《鞍山日报》

## 签约

大自然赋予你的冲动气质
让你决然地与阳光签约
于是
若干年后
你便以鸟的姿势守望在峭壁上
眺望阳光普照的每一寸土地

漫天沙砾无法迷失你的方向
响尾蛇的尖锐难以击穿你坚硬的两翼
荒漠上的盘旋不是一种盲目
而是你
在用心丈量着两极的距离

衔一缕春风栽种情感的沙棘
扯一截红藤洇湿板结的思绪
把真情放大成红果树
沐浴阳光
临风矗立

伊甸园里的诱惑渐成云翳
你用虔诚的凝视灌溉贫瘠的天宇
跳进沸腾的河谷

啼血时
你将一枚洁白的羽毛
揣在夕阳散淡的怀里

2004.10.19

## 尼采的启示

1869 年
尼采坐在莱茵河畔
用穿透时空的目光
打量着水泥的森林
审视着
眉宇间凝结出原始的叩问

思想穿过城市裂变的断层
和天使的翅膀一并
覆盖了贫瘠的土地
几个世纪的忧郁
和坎坷沧桑的记忆
一并塞进这颗备受涂炭的心
神经的张力
在炼狱里淬砺

思想冲破牢笼
与普天下芸芸众生共鸣
无序的世界
理性敷衍着低浅的生命流程
唯有哲学似锋利的剑

洞开神经
洞开伪饰与造作的欺罔

泯灭不了意志
也无法肢解信仰
纵使物欲横流
心灵被欲望强力挤压
但疾风骤雨之后
唯美的暖流
仍在冰河下缓缓诠释
宁静仍是最质感的追求

2004.10.22

# 命运

铅制的雕像矗立在广场上
有轮回的缩影做背景
青鸟用唾液在鬓发间做巢
仿佛
系上一根长长的镣铐

灰黑的风淹没了生命的滑翔
惊恐的双眼在暗夜灼灼燃烧
洁白的羽毛犹如小夜曲
穿过玻璃门
慰问打结的祈祷

古老的街道传来幽怨的梆声
塔壁的斑驳在年轮里精雕细描
一声啼鸣
惊扰了缤纷的喧嚣
蓬山断崖的料峭
覆盖了游走的怀抱

挣脱出甲骨文潜藏的奥妙
世间的存在倒叙成童话的轨道

流沙般细致苍凉的掌纹

低吟着暗淡的灯火

远走的波涛和浅笑

2004.12.09

# 青鸟

用真情折成一只青鸟
在秋天的傍晚放飞
蓬山的路云雾缭绕
翻飞的灵魂已渐入云霄

风中散落着片片思念
羽毛拼接的眷恋
剪影般装饰着肃杀的背景
青鸟躲闪着如雨的蒺藜
用孤独和寂寞做巢

远天的流岚屏蔽着长路
青鸟掠过动荡的树梢
忧郁的梦幻利刃一般滑行
思念嫁接出凄怆的长啸

盘桓于清冷的驿站
越过熊熊燃烧的炼狱之火
秋叶和往事站成神秘的路标
沉淀成千古苍凉的关隘
拍碎了青鸟伤痕累累的双翼

青鸟撞向大漠荒芜的胸膛
锋利的喙剪开落日的苍茫
在萧索间涅槃
接天火将身躯点燃
浴火的生命
化作蓬山永远的春意盎然

2004.12.10

## 怀念

总想在暗淡凄楚的眉宇间
找回那熟稔温馨的芳草地
总想在孱弱枯萎的依恋中
回归那渐去渐远的牧羊曲
总想着那平铺在胸间的地平线啊
西风古道巴山夜雨
坚毅地横亘在两肋之间
挥之不去

总想在韶华将逝的相逢时
寻觅那激情澎湃的篝火浅滩
总想在步履蹒跚的跋涉中
扬起那曾经叩开心扉的点点风帆
总想着那垒砌在精髓里的伊甸园啊
苇叶芦花晓月清风
执着地回荡在心灵深处
铿锵作响

情感总是在思绪的河谷里徜徉
升腾出失落的叹息
大声地问一句

你在哪里啊
一些白色的雕像
和承载着山水的记忆
给山一样的情怀
写满苦涩的注解

2005.02.25

## 真爱无语

昨夜晓风轻诉
花径里
一番风雨
一番狼藉
凝眸恬然
印痕零落
红粉凄凄
相视便是无语
沉静中流岚虹霓淡去

今晨秋雾弥漫
视野中
几度缠绵
几度纷繁
挥手之间
欲语凝噎
情意无限
吻别已成云烟
凄楚中亭台晓月阑珊

2005.05.09

## 写给明天的告别（配乐诗朗诵）

（师）当月光再次铺满你来时的山路
希望你能相信
我的心正仰望着你将拥有的灿烂岁月

（生）当零落的日子一点点化成定格的风景
希望您能相信
我的心正充盈着依依不舍的眷恋之情

（师）我的目光穿过深邃的时空
仿佛看到了四年前
你第一次走进校园的身影

（生）我的思绪划过寂静的夜空
仿佛又一次坐在讲台下
聆听您亲切的教诲

（师）这是你当作风当作雨当作诗的大学生活啊
一千多个日子
演绎了多少预期的生动

（生）我的生命在这块最美的土地上绽放

我知道
没有您，没有这块热土的滋养
我所有的视野和诗行都将是一片空茫

（师）我知道
你的追求里有一片风帆
那帆憧憬着遥远的大陆

（生）我常想
绚丽的生活要有一条彩虹
那虹应该是生命的金桥

（师）我知道
你注定是要走的
纵使这大学校园风光旖旎
纵使这学校已经植根于你的灵魂
但是你还是选择了远行

（生）我留恋眼前这片青青的芳草地
难舍您的殷切嘱托和亲人般的呵护
但是我真切地听到了
风中有催我奋进的召唤

（师）走吧

背起你装满四年收获的行囊
我充满期待的目光将送你启程

（生）告别了
我再一次走到您的面前
含着热泪深鞠一躬
在广阔天地间飞越江河
母校已赋予我坚强的翅膀

（合）鹏程万里
前景壮阔
全力拼搏定会铸就成功的辉煌

（师）但是
你也要记住
远方并非柳绿桃红
绵绵细雨也许会打湿你的行程

（生）我知道
远方不会是田园牧歌的世界
飞天一定是在苍凉的荒漠和空旷的原野

（师）也许在那个秋天的傍晚
坐在书房里

我会听到你悠远的足音
在远方的江河旷野间跋涉


（生）也许清霜薄雾和粗犷的风
会让我迷茫和落寞
但是我相信
我的身后永远站着您橄榄树般的祝福


（师）想着
让青鸟捎一封信来
把落脚的土地和翱翔的天空
浓缩成深沉的慰藉和问候


（生）是的
在山的那边
潇潇雨歇时我会凭栏伫望
让春风把创业的故事带给您


（师）沧桑之后
也许会有更多的放弃
但不要忘记
今宵的皓月当空
繁星满天

（生）奋斗之中

也许会尝遍世间酸苦

但我的年轮里一定会镌刻出您的品格

（师）沧海茫茫

竖起你信念的航标灯

（生）长路迢迢

我们期待着风雨兼程

（合）挥洒理想

放飞希望

在如歌的岁月里

用真情书写——

人生华美的乐章

2005.06.22 为欢送毕业生晚会而作

## 河岸

往事有如一枚青铜的灯盏
在暗淡的雨中小屋点燃
穿城而过的河水
把夜色都揣摩不透的故事
用小船缓缓载来

广袤的滩涂
敞开凛冽的怀抱
滚烫的热泪
顿时渲染了沉寂的河岸

涉水而来的浪漫秋日
滑翔在通往心灵的路上
沉重的翅膀
连同脱尘欲仙的感叹
在宁静的水幕上
播撒出串串绝美的波澜

午夜的风
裹紧了战栗的心
凄清的烟波瓦解了月影

候鸟流离在慵倦的船边
凭最深的思量
把寻常的栖息
幻化成刻骨铭心的片段

2005.07.18

## 让大海做我的情人

坐在大海的对面
与他凝眸对视
此时
温热的情感
犹如广袤的森林
沉静地站在胸膛里
依海浪起伏，缓缓蔓延

液体的村庄
梦同珊瑚一起生长
渴望浸泡在海水里
真情在那一瞬间悄然绽放——
投入大海的怀抱
让他做我终生相恋的情人

礁石上是飞天的誓言
激情将滩涂渲染成缤纷的祝愿
把心袒露在蓝天白云之间
像百舸千帆一般
等待着大海的抚摸和爱怜

做我的情人吧

信天游和唢呐都在真心企盼

蓝天也眯起羞赧的双眼

多想是海边那棵风姿绰约的椰树啊

岁岁年年与你相依相伴

多想是海上那只橄榄拼成的小船

在大海的怀里

感受着亘古不变的眷恋

2005.08.12

# 那一刻

那一刻
邪恶轰炸了近海的宁静
满街的呼喊
让你看到了
铁蹄践踏的凄惨
血泊中的哀号
挑战了你的信念
也中伤了你至高无上的尊严

仇恨在那一刻
和腥风一起刮进你的血管
你抬起血红的双眼
注视着破碎的河山
挥起双拳
毅然砸烂青砖碧瓦的羁绊

太行山上
你纵马驰骋
用炽热的胸膛
点燃复仇的火焰
那一刻

你咬紧牙关
背负国难
率先冲上御敌的前线

长城脚下
你同豺狼血战
狭路相逢勇者胜
那一刻
你将民族的苦难
凝聚成抗争的利剑
刺入敌胆
杀出血染的霜天

躯体垒砌的城堡固化成
胜利的高地
你用残缺的双臂展示
主权的大义凛然
那一刻
你微笑着
轰然倒下
化作英魂随风飘散

2005.08.15 为纪念抗战胜利六十周年晚会而作

## 民族的呐喊

穿越更迭的烽火硝烟
记忆之手
将尘封的苦难翻开
一览民族的屈辱
是邪恶
訇然击碎人类的尊严

六十年前
铁蹄践踏
江山破碎
血泪如汩汩长河
六十年前
满目焦土
苍凉日月
堆砌成残垣断壁

一时间
中华民族到了最危险的时候
一时间
中华儿女挺起坚韧的脊梁

太行山上
华北平原
呐喊
威震敌胆
白山黑水
大江内外
血肉
筑起新的长城


万众一心
同仇敌忾
民族正气
气贯长虹
英勇抗击
驱逐日寇
无数爱国英雄
将旗帜高高擎起


2005.08.30 为纪念抗战胜利六十周年晚会而作

## 领会沈从文

你坐在繁华的黄浦滩头
想着湘西翠岗的烟波
理着湘水的美丽发梢
于是
你一声吆喝
便把湘西沅水的渡船
驶进了汽笛喧嚣的吴淞口

霓虹灯下
闪烁着湘女摆渡时的巧笑
长长的发辫飘动着
系着多少人的梦幻
船在灯红酒绿的堰坝下走着
牧歌在氤氲的歌舞升平中静静流淌

你站起身来
开始在十里洋场的一隅
为湘女垒造《边城》
从纸醉金迷中荡出一条清渠
拂去美酒加咖啡的迷乱
用青黑色的陨石砌成宫阙

盘下一方俊朗的蓝天

湘女的竹篙撑出了通途
也撑住了你漂泊的心
岗上石屋里的烛火
把你锈蚀的神经一根根点燃
心中神女凝视你的刹那间
舒展了你对湘西的无尽思念

冥冥无垠的长夜
在岁月的航道里缓缓前行
你的视野里
重现着久违的竹雀和碧溪
重现着曾经的风光和旖旎

2005.10.12

## 思念

思念就是这样艰难
聆听你潮汛般的问候从远天飘来
就像海湾憧憬着远航的船
又像礁石的双肩期待着
钟情的海鸥攀援

思念不是驱赶大海的飓风
也不是摧残大海的漩涡
只是一股暖暖的清流
融入大海
便在宽阔的海底绵延
久久地等待着你
等待你朝阳般的笑靥
在海天间徐徐闪现

思念就是棕榈叶做成的帆
在你的桅杆上迎风飘展
随你的航线星移斗转
也在无尽的漂泊中苦苦期盼
期盼海和船交臂的瞬间
你扬起深情的目光
凝视那一片碧蓝

2005.12.07

## 那颗心没有上锁

不该向往
因为画在地上的宫殿
在阳光下正一寸寸坍塌
殿旁的柞树也已随风凋落
心便沉寂下去
与落寞的月光低语

不该思念
但那颗心没有上锁
一扇软质的门虚掩着
任精灵一样的情感
与婆娑的星辰共舞

那颗没有上锁的心
像一片受伤的树叶
在暗夜间漂泊
将脆弱的思绪轻轻过滤
迷惘时便叩问蒙蒙烟雨

那颗没有上锁的心
在布满空虚的溶洞里穿行

与岩壁碰撞
把飞天的梦跌落进无底深渊
渐渐地随寂寞的琵琶美酒
一同被弥漫的黄沙
悄然湮灭

2005.12.12

## 我的心是您永远的祭奠
　　——写给我远去的母亲

漫天飞雪
为您的退场做了布景
您的生命化成一缕雪的精魂随风而去
被广袤的原野湮灭
您是我血脉中最紧要的链接
可灰色的鼠标却掌握在上苍手里

我延续了您的生命
却无法留住您的脚步
您走了
有白雪的衬景
有黄土的簇拥
这正是您的渴望
大地执意收回您的生命
我只能把您的一切复制成思念的文档

您离去的那一瞬间
我点击冥冥夜空
破译了天籁传递的信息
看到了属于您的那颗星

划过夜幕

沉入银河

遁入茫茫宇宙

渐渐地

便演化成我心中那永不熄灭的灯盏


从此

天各一方

我多想激活那些死寂的画面

拨开凛冽的罡风

探看您俯视我的双眼

抚摸您柔软的手臂和布满沧桑的脸

可是我在键盘里找不到那枚符号

呜咽与痛惜

任泪水浸透双眼


在您人生的舞台上

您是最好的演员

您扮演的每一个角色

演绎的每一出剧目

都描绘了您生命的璀璨

连最后的告别您都如画般绝美

昏黄的聚光灯下

您沉静而怡然

仿佛在回味少女时的梦幻
也好似在接受苍天的礼赞

我眷恋您温暖的怀抱
膝下聆听教诲的依偎
已成我此生永远的怀念
走在苍茫的雪野上
天地间
您的身影若隐若现
回来吧
我的母亲
我愿用灵魂交换用健康交换
只求让我在梦中再次与您相拥
再看您最后一眼

站在您的墓前
我心中的图腾在呼唤
凄楚的企盼被肆虐的狂风吞噬
消逝在孤寂的远山
我知道
我无法撤销造物主拟定的程序
只能坐在雪地上
剖开心扉
将心瓣一片片扯下

编成一个硕大的花环

挂在您的墓碑上

作为对您——我远去的母亲

永远的思念和永远的祭奠……

2006.03.02 为纪念母亲逝世十周年而作

发表于 2012.05.02《鞍山日报》

# 旅游

只是一声问候
从梦寐以求的故都旧址
发来短信
立刻
心仪的故事
长卷般展开
一衣带水或皓月当空
变成实实在在的诱惑

古塔断碑
并未将岁月凝结
老树上确乎生长着
现代的浮艳
可是
痴迷的双眼
仍然
执着地透过千年的刀光剑影
寻觅秦皇汉武的季节

驼铃悠扬
沙漠与古道叠加

料峭中
才辞关山冷月
烟花里
小船已在钟声荡漾的枫桥夜泊
驿路梨花旁
乡音俚语吟唱"帘卷西风"
小桥流水间
长路迢迢难觅"西风瘦马"

人在路上
用双足丈量着历史
聆听石像的沉默
解读一片片残垣断壁
与浮屠暗语亲热
寄情于一枚绿叶
一块青石
同时
把自己
一厢情愿地
定格在古人的怀里

2006.03.12

# 雨

阴霾制造的悬念
凄厉而鬼祟
犹如张张拉开的弓箭
射穿天幕
射穿心灵
射穿视线
挥舞的剑
把情感的热线——斩断

精心策划的迷离泪眼
演绎着突兀的梦幻
心思罗织成网
过滤着
旋转的空气
和带不走的春天

牧人正策马扬鞭
转场
在河的左岸
胡杨树与大地撞衫
原野弥漫着季节的绚烂

这时候
伫望长天
天籁的音符
不似心语
却是串串铜钱

2006.03.19

## 思绪

万籁俱寂
明月高悬
远天传来海啸般的铿锵
仿佛为月色镶上性感的花边
这个夜晚
忽然想起篝火升腾的
大漠边关

其实
那道关隘就在我的心里
只是时间太久
已阡陌成树
只是世间太嘈杂
有时会被风遮住
会被喧嚣淹没

那是一缕历史的烽烟
没有序曲
也不是歌剧
却像祁连山的雪水
已深深地渗入世间的经络
与记忆

2006.03.20

# 古槐

几世几代地倚风站着
眨着困惑的双眼
挺直身板
仰望苍天的门槛

手臂黑黑
缠满岁月的搏击
虬曲苍劲
擎起悲怆的呼喊

罡风蹒跚
黄沙暗淡的瞬间
金光射入迷茫的双眼
芸芸众生
像无数只纸鹤翩翩起舞
白灿灿不加一丝浑浊
巧笑连连
慰问久别的大河和远山

硕大的翅膀开始抖动
释放出缕缕精魂

从天而降

缠缠绵绵地抚摸着

孕育生命的人世间

2006.03.22

## 你，嫁给了这座城市

午夜
群山沉寂
火车气喘如牛
笨重地
楔进矿石和煤炭的粗犷
灯火昏黄
你，被卸下车来
犹如一袋笨重的行李
重重地蹾在站台上
被刺骨的寒风撕扯

挪出站口
冻硬的时钟刚好敲响
声音在风中摇曳
你，一个朝觐者
捧着颤抖的心走进这座城市
老式的站房
成为身后唯一的布景

风蹂躏着万物
骑士举起阳刚的剑

仿佛一位庇护者
你，坐成一尊石像
聆听着决斗
发出的铿锵
眼前瞬息万变的弧线
配合烟雾，勾画出
鳞次栉比的黎明

吊销了漂泊的执照
此去经年
你，痴迷于沸腾群山的呼唤
把大山填入胸膛
用心火煅烧
山峦间的一缕青烟
梅花心蕊一般
星星点点

于是
正午时分
街市一片喧嚣
你，嫁给了这座城市
没有花轿唢呐
只有一双粗壮的手
将雪白梨花披上双肩

从此
你和这座城市一同
炼石补天

2006.11.06 为纪念来鞍山工作二十周年而作

## 隧道

隧道
是给城市做的搭桥手术
这座城市承载着过重的负荷
数十年扮演着长兄角色
未老先衰
心脏起搏困难
需要重心平移

躺在急救室里
城市疲惫的身躯
任功利的手重新设计
开掘机毫不迟疑地切开动脉
将心室的活力释放
安装钢筋水泥的支架
血液被强行泵压

轰鸣声中
山被调整了状态
被拯救的城市
从病榻上摇摇晃晃站起
顿时血流如注车流如织

他呻吟着
老迈的血管薄如蝉翼
无情的透支
定将使他的生命零落成泥

2006.11.10

# 枫

秋风正劲
天地间
三脚架悄然矗立
按动快门
顿时
世界一片绚丽

一枚蝴蝶
翩翩飞起
抛洒岁月的璎珞
流岚虹霓
以及尽染的霜天
成为动人的旋律

嫣红的记忆
把秋的心事
从冷杉中轻轻萃取
一只云鹤
拨动古老的琴弦
落寞的心
克隆着太阳的光环

秋之精灵
吟咏着季节的故事
以山的名义
图解惊喜

2006.11.18

## 故乡的阳光

阳光同秋色缠绕着
天使般守护着
我的故乡
盛满青春梦幻的鸭绿江
波光粼粼
在古老的石桥下缓缓流淌
流向莫名的远方

亘古不变的群山
在水中徜徉
青色石板的凹痕里
储存着点点梦想
汩汩东流的航道
洒满阳光馈赠的向往

那时候
心和山一样明媚
坐拥江岸
看阳光为古城镀上金边
眺望远天
驿动的心

被江水怂恿
于是
用年华兑换一串风铃
挂在青葱又绿的山冈

此去经年
崎岖长路
天梯般扶摇直上
跋山涉水间
也曾顾盼，也曾回望
那块石碑
那段城墙
都在记忆中彷徨

时光荏苒
故乡的阳光
回归了行僧般的游历
久违的街市
收获着一缕缕饱满的成长
斑斓的秋色
正为游子们奏起金色的交响

虽未告白
但诗意成行

故乡依旧
每每想起
总有一抹亮丽阳光
在心头
也在水中央

2007.01.24 于边城集安

## 英雄切·格瓦拉

格瓦拉被印在廉价的 T 恤上
沿肮脏的街市叫卖
从拉丁美洲密密的丛林深处
他被强行拉进水泥的世界
现代人的无耻
冷酷地玷污了他的形象和气概

他柔软的鬈发
在矫揉造作的胸前抖动
明眸中折射的精神
被暧昧的目光蹂躏
他棱角分明的脸
此时
被标价出售

卑微的灵魂
应该在他
像耶稣一样蒙难的殉道者面前忏悔
他灿若烟花的一生
因爆裂而绚烂
纵使化为灰烬

仍留下无尽的回味
他骑士般的风骨不是商品
他痛苦的
让全世界为之折腰的气质
具有恒久的魅力

几代人的图腾
依托于这张黑白肖像
守护着这块精神高地
那些灵与肉备受煎熬的人
沐浴到希望的曙光
除非麻木不仁
否则
在他永不褪色的人格光辉荡涤下
放弃矫情与伪饰
还英雄以神圣和高尚

2007.02.04

## 与尼采对话

### ——读《尼采诗选》有感

你说

笑是一种沉默

露出洁白的牙齿

在丝绸似的天空之下

于是

在干得好的时候

我学着沉默

在干得糟的时候

我便笑着沉默


信念在指缝间流动

攥紧了

就有沙来肢解快乐

喧嚣淹没了辩白和谅解

唯有笑着沉默

成为最美的景色


沉默是一种境界

无论好坏与否

任人心的天平如何倾斜

沉默能令你逍遥忘我

2007.02.10

# 爱情

爱情与蚯蚓一同
在枯叶间
冬眠
池塘上
冷月窃窃私语
满脸的
恓惶
山风穿过松树的梢头
在空中盘结
郁闷而惆怅

窒息的情感
在暗黑的洞穴里
蛰伏
一声鸟鸣
利刃般切开夜幕
春笋
破土而生
让静谧的荒原
喟叹

只有一滴春雨

穿透古老的

土地

折射出一缕阳光

这时

原野上

闪电腾空而起

化作长戟

给爱情松绑


2007.02.19

## 站在大嶝岛隔海相望

一片液体的祖国
静静地躺在海峡那边
此时
思绪宛若天幕
笼罩大海和岛屿

昨日的喧嚣都已遁去
虽然巷道还在
虽然战炮依旧
但思念覆盖了白昼与夜晚

隔海相望
但见远去的游子
在海天一色间踽踽独行
近在咫尺
触手可及
一叶扁舟
却在海浪间渐行渐远

一个雷雨交加的傍晚
芦花飞散

漂走了几多太平轮

从此，天各一方星移斗转

对峙犹如锈蚀的船

遮挡着

期盼的双眼


应该是一部大写的史册

只是卷首

曾被墨迹污染


2011.04.30 于厦门大嶝岛

# 这是一片寂静的山林

题记：值庆祝建党九十周年之际，登上井冈山，激动不已，作诗一首，以抒情怀。

这是一片寂静的山林
山，静卧在苍茫间
青葱毛竹与伟岸冷杉
宛如列队的士兵
站成一道
铜墙铁壁

这是一片寂静的山林
远远望去
红色山脊绵延数里
没有金铭刻石
现代的喧嚣
掩盖不住
曾经的坦荡与庄严

这是一片寂静的山林
太阳升起
万道霞光裹着红色飞旋

红色的追求
点燃理想的火种
走在挑粮小道上
仿佛看到当年
领袖和士兵一路走来
目光炯炯
扁担，挑着日月
也挑着
重整山河的信念

这是一片寂静的山林
霞光绚烂
层林尽染
踏上布满青苔的石阶
穿越蓊蓊郁郁的山麓
黄洋界上
迫击炮巍然矗立
放眼望去，坳口里
仿佛无数面旌旗
猎猎在望
长风浩荡，鼓角相闻
哨口岿然不动
报道曙光来临

这是一片寂静的山林

茨坪东山下

青松翠竹掩映

泥墙瓦屋

溪水潺潺

山石依旧

田野依旧

闪闪的红星

在军帽上闪烁

战士的枪还在肩上

刹那间

仿佛又看到

领袖挥斥方遒的身影

勇士高举的手臂


这是一片寂静的山林

红色的星

红色的戟

浸润了山河

染红了岁月

挥洒成红色的记忆

星星之火

可以燎原

为有牺牲多壮志

敢教日月换新天

北岩峰上，烈士陵园

那些英雄

已成为不朽的雕像

但见英魂徐徐升起

化作颗颗闪光的星宿

照亮这片寂静的山林

也照亮神州大地

红彤彤的世纪


2011.07.18 于江西井冈山

## 彩虹廊桥

相思的触须
幻化成缠绵的手臂
一道连心的彩虹廊桥
结成了憧憬的飘逸

婺源的秀美
浸润在廊桥的两翼
徜徉在青山碧水之间
折射着一方水土的忠贞不渝

站在桥上
眺望远天
想念这对生死相依的情侣
回放那个海枯石烂的故事

岁月打磨的是心经
纵使青山有情
绿水殷勤
所有的世间童话
都将
沉于霏霏细雨蒙蒙烟雨

廊桥是一个奖励
一次见证
曾经的心心相印
曾经的地老天荒
而今已被山海覆盖
只留下一方浅浅的河湾
一捧情人的眼泪
供后人唏嘘

2011.07.22 于江西婺源

# 白洋淀记忆

被雨水打湿的记忆
在阳光下晾晒
那一年
姐妹比肩
乘一叶小舟在芦荡间盘桓
荷花是唯美的装扮

裸露的心扉
任时光的手翻检
三十年前
曾经与这荷塘淀水亲热
三十年后
依然与这湖光山色相伴
在这条船上
有过故事，有过憧憬
也有过梦幻

虽然在天地间游走
但是
总有一片心扉敞开着
惦记着

青春的步履
年少的经历

韶华已逝
朝花夕拾
找回的是记忆
找不回的是昨天

2012.07.15 再游白洋淀

## 我的父亲，他走了

一月八日
一个被历史铭记的日子
三十七年前，一颗巨星陨落
十里长街普天哀恸
三十七年后，一名普通士兵
化作一缕云烟遁入长天


一样是罡风凛冽
一样是大地苍茫
夜幕笼罩，繁星满天
白雪皑皑的视野
他的光环随风飘散


他曾以战士的名义存在
兵临城下，他弃笔从戎
解放平津，他冲锋陷阵
渡江战役，他不畏生死
入朝作战，他一马当先
万岁军血染的旗帜
映衬着他的果敢，目光炯炯
穿越烽火硝烟

一路走来
与艰辛相伴，与死神擦肩
天地间
镌刻着不朽的大义凛然

他曾以军人的身份存在
在解放全国浴血奋战的搏斗中
在抗美援朝爬冰卧雪的阵地上
在沙场点兵炮声轰鸣的靶场间
在士兵出击运筹帷幄的队列前
军歌嘹亮，飒爽英姿
肩挑日月，笑看云舒云卷
没有壮语豪言
没有信誓旦旦
却用一生兑现诺言
无论坎坷
无论艰难

他曾以公仆的角色存在
告别军营，辗转边关
在边陲重镇担起人民的重托
心系这片热土
让群山荡漾收获的喜悦
让千年古城续写恢弘诗篇

晨钟暮鼓，风霜薄雾
他走在牵挂的人群中
走在如歌的行板里
回首望去
那路上
写满责任、使命和信念

我的父亲，他走了
走过松嫩平原
走过锦绣江山
走过燕赵大地
走过鸭绿江畔
行色匆匆，一如从前
他大步走在奋进的路上
走向绝美的风景
险峻的山川——

2013.01.14 作于父亲逝世第七天深夜

# 白夜

黯淡的雪色
将遥远的钟声敲响
风铃如歌
为记忆送行
思绪
犹如白昼
在排演昨天的过往
凄美的月光
泻入荷塘
荷叶与荷花一并凋落

思绪
在滑行
空旷的视野
将星月隔开
琴声缭绕
吟唱着城南旧事
晓风氤氲
凝视中
执手相看泪眼
把诗化的悲哀

一并锁进
千里长堤
让岁月掩埋

心如阴霾
琉璃的粉饰
让情义轻薄如纸
网状的情感
斗胆走出期待
站在悬崖上
仰望苍天大声告白

群山剪影般倒立
空茫随清风四起
一声叹息
时光已逝
故园不在
物是人非
你我已在千里之外

2013.02.17

## 寄语远方

此生一些记忆
被裁成零落的愁绪
缥缈于天地的距离

站在暗地里
回眸远视
风的身影
决然立于两肋之间
与青山对峙

凌驾于高山的思绪
只一个时辰
便衍生出无尽的怀念
沿着江畔
风筝的斑驳
一点点还原出
曾经的故事和
曾经的眷恋

2013.04.02

## 秋日夜晚

这个夜晚
坐在暗影中
思绪星星点点
荒芜的神经
触碰到那一缕久违的怀念
于是
为痴迷搭建的片场
上演一部迟来的歌剧

寂寞的手
燃成一支凄美的小夜曲
用思念和瑰丽的诗行
嫁接出
摇曳的梧桐树
你的笑靥
就在这绿意葱茏间隐约闪烁

这些年
你写过多少长歌短调
赤足走在天地间
渴求闪电

醉心潮汐
钟情于高声呼喊的平原高山长河大川
沉湎于放逐游丝般飘渺的地平线

蛊惑人心的季节
在春天
布下陷阱
激情像江岸上疯长的野草
一夜间
铺满广袤而神秘的戈壁平原
这时
你用痴迷的双眼聚焦
将镜头拉近又推远

你的视线
穿透云层
穿透黑魆魆的远山
在沉沦的大地上快速扫描
真情
在短兵相接中大胆绽放
犹如一簇冶艳的礼花
缤纷了天地和芳华

你纵容了心

不拒绝任何理由
让一团火在水中燃烧
恰如夏日暴烈的阳光
点燃的不只是一条街道
而是整座神庙

海潮退去
一轮满月升天
哗哗的涛声徐徐展开
波浪紧紧拥抱岛礁
流淌的时间凝固
大地为这个世界热烈鼓掌
虔诚致意

2014.10.10

## 收藏一小片大海

愿望
在这一瞬间绽放
收藏一小片大海
小心地
放在胸口
放在凹凸起伏的海沟
通过血脉
温润整个经络

因为
辽阔的大海
属于广袤的空间
属于大陆架
属于海啸
只有这一小片大海
属于我
可以收藏
包括海浪沙石
和红珊瑚的遗骸

抗拒不了潮汐

雷电和雾霭

海浪的交集

以及冲动的季候风

只能

将这一小片大海

固化成一枚书签

夹在心扉上


2015.02.24

## 今夜，想念那个叫海子的诗人

这个夜晚
有雨
疾风相伴
屋顶一片焦灼

秉烛夜读
午夜时分
那个叫海子的诗人
孑孑独行
走至窗前
叩问如帘雨幕
隔窗凝视
忧郁了整个夜晚

这个只关心粮食的青年
来自乡村
但不是从麦地
直接走进密密的诗林

这个没有一席之地的人
孤独云游

无奈之中
始终
将麦子高举在头顶

只有麦子和村庄
能让他潮涌般的诗绪
安放
可暴雨的恣意
打湿了他的图腾
崩溃了他的信仰

他在石头上播种
收割的不是庄稼
不是爱情
是灰色的哭泣
和漫天的沙砾

他渴望
坐在天堂
坐在天梯上
看这一片草原
属于哪一个国王

那些马

那些羊
那些放牧者的忧伤
那些狩猎者的狂妄
汇聚成
一波一波的失望
蹂躏了心
也破碎了
他曾经钟情的太阳

于是
在那个阴霾密布的午后
在那个面朝大海的地方
在古老长城的垛口
他让冰冷的铁轨
和呼啸而过的长风
带走了生命和梦想

从此
这个世界
失去了一位才华横溢的诗人
也抛弃了
牧歌般的浅唱

想念你

海子
在春暖花开时节
在这个夜晚
徜徉在你隽永的诗行

2015.04.15 凌晨

## 母亲的鸭绿江
——写在母亲八十周年诞辰

回忆母亲的面庞
总有一条大江
从黑黑的鬓发间浩荡穿过
那就是鸭绿江

江畔山麓
1935 年的早春二月
母亲在这里诞生
映山红与春雪交织掩映
阳光妩媚而多情
江水汩汩东流
于是，母亲便成了江的化身
眉宇神色
举手投足
带着江的禀赋与气质

我常想
母亲的前生今世
也许注定与江为伍
江水绕过她生命的每一个路口
温婉着生命

仿佛一条线索
装订出人生的旖旎画卷

母亲儿时是常过江的
走在母亲的母亲的身旁
虽然有战火
虽然有硝烟
但迈着轻盈步履走过江桥的母亲
仍然秀美如初
脸颊上绣着坚毅与果敢

那一年
母亲梳起长长的发辫
穿上列宁装
乘一叶扁舟沿江而下
在长白山下的临江
做一名合唱队员
舞台上
憧憬被放大
激情燃烧的岁月
母亲用歌声演绎青春和曙光

春日里
柔韧而清冽的江水
浩浩汤汤

生命的清流簇拥着
缓缓前行
望着远去的江水
母亲有了新的选择
从此，师范学校的校园里
有了母亲晨跑的身影
绿树掩映，红砖青瓦
课堂成为生命中又一道亮丽风景
为生为师
书声琅琅
相伴数度春秋

那时候
母亲的爱情
一如江面上轻轻升腾的薄雾
一如江岸上婀娜多姿的绿柳
母亲的笑声
温暖了江边的铁轨
也绰约了水上人家
犹如洁白如雪的驿路梨花

母亲有着水样的情怀
正如这条江
朴实但不失倜傥
亘古而不少风光

在冀中古城的教室里
母亲用善良雕琢
学生的心灵
编织着一个个虔诚的梦想
夜阑人静
江上的情歌和暮霭
慰藉着每一个不眠的夜晚

母亲是离不开鸭绿江的
奔腾不息的江流
岁岁流进大海，也日日流过母亲的心头
思念中
母亲终止了二十余载的漂泊
在一个春寒料峭的日子
选择回到久违的故乡
伫立江畔
微雨飘落乌黑的鬓发
美丽的双眸
透过多情的江水和山冈
仿佛看到了儿时的画卷和
曾经的梦幻

停下脚步
母亲拾起一枚圆圆的鹅卵石
端详着命运的纹理

找寻新的足迹
走进这座白色小楼
在教师进修学校
继续担负如诗的行板
走在江水浸润的土地上
母亲的脚步更加坚实
犹如江上铁桥
水畔白杨

母亲是江的女儿
她与江为伴的人生
只翻过一个甲子
大江东去
便带走了她的世界
青峰云霞之中
母亲演化成一尊巨石
巍然屹立
眺望着属于她的鸭绿江
和江上所有的故事
犹如女神
护卫着那山那水
以及与山水相依的古老街市

2015.02.08

## 钢铁摇篮

　　——写给风雨兼程七十年的辽宁科技大学

当一抹绚丽的朝霞
映红了这片备受蹂躏的土地
当战火硝烟和百年屈辱一并遁去
那座古老的高炉又焕发出盎然生机
钟声在解放全中国的号角声中轰然响起
共和国的长子鞍钢
犹如巨人一般凛然站起
一同站起来的还有你——辽宁科技大学

从硝烟中走来
战争毁掉了这座钢铁城市的一切
但，唯一不能摧毁的是钢铁人的精神和意志
在一片残垣断壁和废墟中
你开始重振旗鼓、重整河山
以钢铁般的斗志
开启铸造"钢铁摇篮"的世纪之旅

有人说，历史总是在一些特殊的年份
给人以汲取智慧、继续前行的力量
是的，翻开辽宁科技大学七十年的历史画卷

那些特殊的年份，那些难忘的瞬间
那些远去的背影，那些感人的召唤
仿佛夜幕下剪影般矗立的远山，寂静却令人震撼


那是 1948 年的早春二月
应该是一个春寒料峭的早晨
抑或是一个春雨初霁的傍晚
从南来的列车上，走下来一伙气宇轩昂的年轻人
神色坚定而果敢
这就是你迎来的第一批创业者
在废墟中崛起
一穷二白、从零起步，筚路蓝缕、艰苦创业
边建校边育人，用钢铁精神打造"钢铁摇篮"
青砖碧瓦、俭朴校园
鞍山工业专门学校拔地而起
钢铁般的地基深深地扎进这片沃土
为新中国的成立
为鞍钢及冶金工业的发展
你采选精炼急需的应用型高级专门人才
锤炼打造社会主义建设迫切需要的"钢铁栋梁"
开创出特色鲜明、积淀深厚的历史基业


金黄的树枝掠过明亮的车窗
烈士山旁的摩电车来往穿梭

年轻的售票员用清脆的嗓音喊着
"下一站，钢铁学院"
那是 1958 年的 6 月，一个烁玉流金的季节
冶金部决定
由鞍钢夜大学和鞍山二钢校组建鞍山钢铁学院
走上建设发展的新时期，创办本科学院
你带领一代代开拓者，秉持钢铁精神
为筑牢"钢铁摇篮"的根基
将一腔腔热血倾注在事业里
曾经在枪林弹雨中出生入死的老革命晨光书记
此时此刻，心潮澎湃
提出了"建万人大学"的美好心愿
自力更生、艰苦奋斗，埋头苦干、奋力拼搏
用坚毅的臂膀，扛起国家的重托
在历史的长廊里铸就了一尊尊钢铁的雕像

时间走进 1978 年，那一年的冬天异常寒冷
党的十一届三中全会却开启了春天的大门
中国再次站在了历史的拐点上
你也重整行装，再度扬起奋进的风帆
拓展外延、充实内涵，抓住机遇、赢得发展
在改革开放四十年的风雨兼程中
为推动经济社会发展进步
为助力区域经济再次腾飞

你带领一代代建设者一马当先，勇往直前
并校重组，申博成功，更名办大学
创建一流本科教学，建设新校园
擦亮了"钢铁摇篮"，升华了钢铁的品质
展现出"到中流击水，浪遏飞舟"的钢铁气概

2018年的春天，黎明迈着玫瑰色的步子走进校园
春风消融了工业文明园里的皑皑白雪
党的十九大
擘画了新时代中国特色社会主义宏伟蓝图
你和新时代联袂步入这个美好的春天
为实现高等教育内涵式发展
为服务辽宁经济全面振兴
你带领新一代科大人
不忘初心、牢记使命，发挥优势、继续前进
提出"两步走"战略构想，实施"八大行动"
推动实现质量提升、内涵发展的一流目标
以壮士断腕的决心推进转型发展
以舍我其谁的勇气确立新的支点
你的目光，穿越时空，聚焦在未来三十年的奋斗上
突出钢铁特色，传承钢铁精神
在"钢铁摇篮"上继续书写
新时代科大人伟大奋斗的坚强誓言

这一路走来，整整七十年
新华中学、鞍山工专、二钢校、鞍钢夜大学
鞍山钢院、辽宁科技大学
无论你叫什么名字
无论你背负着怎样的使命
展现的都是你与生俱来的钢铁品格和钢铁气质
七十年过去
虽然你几易其名、几度流转，历尽沧桑、时空变幻
但打造钢铁摇篮、培育钢铁人才的初心未改
贯彻党的教育方针、办人民满意大学的信念未变
七十年前，你为钢铁而来，创造着钢铁的荣光
七十年后，你以不变的情怀迎接钢铁的精彩
让初心和梦想在钢花飞溅中美丽绽放

这七十年
你把自己真正打造成一座巨大的钢铁熔炉
坚持不懈地进行着一场浇铸灵魂的革命
把从天南海北采选来的十余万名优秀学子
融入"钢铁冶炼"的全部工艺和流程
在巍巍的高等学府里
开展思想引领、专业培养和实践锻炼
在火红的生产线上
进行焦化烧结、制铁炼钢和连铸热轧
轧制出一块块优质的"合金钢"

源源不断地输送上经济建设的主战场
汇入社会主义建设的浩荡洪流
垒砌进坚不可摧的共和国壮美殿堂
成为国之栋梁，成为民族的"钢铁脊梁"
向全世界昭示出
　"钢铁是这样炼成的"的深邃与辉煌

今天，登临你崎岖的山脉
瞩目你七十年矢志不渝的追求
循着你久长的生命线
找寻你七十年奋进不息的足迹
感受你脉搏里流淌的钢铁交响的悲壮
体会你鸿篇巨制里跃动的钢铁音符的铿锵
七十年来，无论是风雨磨难、战争考验
还是校园变迁、师生流转
你始终与国家同呼吸，与时代共命运
背负着实现中华民族伟大复兴的历史使命执着前行
那些钢铁脊梁的故事，那些百炼成钢的记载
如火如荼，荡气回肠

你是钢铁历史上的一座高大的丰碑
你是铺设在发展大道上的一架伟岸的桥梁
你是几代科大人用聪明才智编织出的钢铁经纬
你是十万名科大学子用坚实步伐走出的新纪元

钢铁就在我们身旁
他们整齐地列队站在这里
闪烁着坚不可摧的精神光芒
引领我们走向新的征程
继续演绎昨天的梦想和今天的风光

2018.09.25 为辽宁科技大学七十周年校庆晚会而作

# 后 记

常与友人调侃，称自己是一个非常乏味的人，平生只有两个爱好，一是读书，二是写作，整日做着作家梦，也为此付出很多代价——小的时候，便放弃了与小伙伴们在部队大院里玩耍的"大好时光"，整日猫在家里读书，最后是小学 5 年级就得了近视眼戴上了眼镜，这在 20 世纪 70 年代初真是凤毛麟角，偌大班级仅此一人；为了选择学中文、学写作，1980 年高考报志愿时，宁可舍弃财贸学院而报考师范学院，就是要学这个中文专业，当然这也是父亲的旨意，最后被不理解的同学戏谑为"女承母业"（母亲一生为师）。读了一辈子，也写了一辈子，终究也未成作家，但是从未后悔当初的人生抉择。

上学时，最爱写作文，为写一篇佳作，有时彻夜不眠，语文成绩一直向好，作文篇篇为范文。工作后，所为之事也多与写作有关，为写好各种不同体裁和题材的文字，常常是通宵达旦、夜不能寐。生活中，读书和写作必不可少，读所有的好书、畅销书，写人生的过往和波折，各种体裁都有尝试，诗歌、散文、小说、剧本，等等，但是越读越写越感到诗歌是最能精准表达自己情感和认识的好体裁，于是就大量购买和阅读国内外的优秀诗集，并酣畅淋漓地撰写诗词歌赋。

应该说，几十年前在创作第一首诗时，并未想到要出版诗集，只不过是书写自己的人生片段和感悟罢了，然这一写就是近40年。每每夜阑人静、浮想联翩，思绪触及灵魂深处，凝注笔端，常常是诗句成行、泪眼婆娑，为世界感动，为人生感动，为逝去的生命感动，为美好的向往感动。这本诗集共精选抒情诗105首，运用诗歌的视角和韵律，记录自己的情感和认识，也记录世界的变化和发展，力图反映自身感情和思想从稚嫩走向成熟的全过程。

诗集得以出版，离不开这些年来父母、丈夫和儿子的关注与鼓励，也离不开领导、同学和朋友给予的支持与帮助，在此一并致谢。

杜薇

2021 年 9 月 28 日